인연, 그 소중함에 대하여

박병래 시집

인연, 그 소중함에 대하여

상상더하기

시를 통해 삶을 새롭게 살아내고 싶었다

21세기를 살아가는 현대인들, 그들에게 있어 오늘을 산다는 게 참으로 힘이 듭니다. 산다기보다 살아진다는 게 맞는 것 같은 오늘, 지난 10여 년의 세월을 한 권의 시집으로 묶었습니다.

몸에 맞지 않은 옷을 입은 양 어색했던 16년의 직장생활을 끝내고 하고 싶은 일을 하기 위해 제2의 인생을 출발했습니다. 이른 아침 꽃잎에 맺힌 이슬처럼 톡톡 튀는 단어들을 찾아 무미건조한 삶을 살고 있는 많은 가장들에게 공유한 삶의 가치와 인격을 부여하고자 숱한 밤들을 지새웠으나 이미 세파에 찌든 오염된 생각들은 마음까지도 구속하고 하나의 인격체로 살아가기엔 너무 많은 장애와 따가운 시선들이 있었습니다.

여행사라는 새로운 직업이 주는 매력은 일과 후에 맞이하는 타국에서의 밤입니다. 모두 여행의 피로에 지쳐 단꿈 꾸는 그 시간이 저에게는 오롯이 혼자만의 시간이었습니다. 잊어버렸던 꿈도 생각해보고, 지나쳐 온 인연들도 돌아보고 회억하기엔 아는 이 하나도 없는 타국에서의 밤이 딱이었습니다. 무엇보다 지난 12년의 시간 속에서 일의 고단함보다 새로움을 꿈꾸는 자유가 좋았습니다. 훨씬 나이 어린 사업 파트너와 함께 새로운 여행일정을 채집하고 수정할 때에도 과거에 미련두지 않고 새로운 길을 모색한 제가 자랑스럽고 떳떳하기도 했습니다만 개인사업이란 게 결코 녹록치 않는 대한민국의 현실 앞에서 울어야만 할 때가 많았습니다.

사업이 어느 정도 자리 잡을 만하면 터지는 숱한 악재들 속에서 부도가 나는 주변의 동종업계를 보면서 마치 전쟁터와 같은 현실 앞에서 한없이 무기력한 제 자신을 책망하기도 했습니다만, 그나마 남아 있는 자존심! 시를 통해 무미건조한 삶을 새롭게 살아내고 싶었습니다.

이제 저의 두 번째 시집을 발간하기에 앞서 한결같은 마음으로 지켜봐 주신 가족과 지인들에게 지면을 통해 감사의 말씀을 전합니다. 비록 10년에 한 번씩 발간하는 시집이지만 저의 자화상 같은 글이기에 부끄럼 없이 세상에 내놓습니다.

앞으로도 더욱 열심히 살아갈 것이고, 살아낼 것입니다. 그리하여 자기를 태워 주위를 밝히는 촛불처럼 저의 인생을 태울 것입니다. 5월의 푸른 하늘을 바라보며 새 희망을 꿈꿔봅니다

2016년 7월 박병래

차례

제1장 _ 산다는 것, 살아낸다는 것은

제2장 _ 당신을 사랑할 수 있다면

제3장 _ 목마른 그리움으로

제4장 _ 인연, 그 소중함을 위하여

제1장

산다는 것, 살아낸다는 것은

살아간다는 것은
그저 개똥같은 생각일 뿐
쓰디쓴 소주 한 잔에 드리운
눈물의 짠맛일 뿐

꿈1

삶의 무게 버거워 숨이 차다
지쳐 쓰러져 숙면 원하지만 더더욱 또렷해지는 삶
눈가에 맺힌 눈물이 짓물러 상처로 남은 오늘
하얗게 지새운 간밤의 미련으로
혼돈된 추억들이 먼지 속에 뒹굴지라도
문득 떠오르는 그리운 얼굴

아침이면
어김없이 속없는 태양은 떠오르고
그 속에 빛나는 그대 눈망울 기억하오
언젠가 찾아올 아름다운 사람을 기다릴 것이오
그리움이란 이름으로
사랑이란 이름으로

미망

누구인가?
끝없이 던져보는 화두의 미로
나는 누구인가?

지난 밤 꿈속에서
보랏빛 수련들이 피어올랐다
눅눅한 어둠과 습기를 몰아내고
방안 가득 피어올랐다

여명의 시간
마치 영원히 지속될 것처럼 오만했던
어둠이 서서히 물러서고
빛과 어둠 경계선상에
누군가가 자전거에 흔들거리며
어둠들을 몰아내고 있다

누군가가 나를
새롭게 열리는 하루의 시작을 보라고
창문으로 내몰고 있다

누군지 모를 나는
오늘도 미망 속에서
나를 찾아 헤매고 있다
산다는 것은

꿈2

어딘지 모를 훤한 언덕이 보인다
그러나 왠지 낯설지 않은 언덕의 풀밭
아름드리 느티나무가 한 그루 서 있고
쉼터처럼 하얀색 벤치가 놓인 그곳
한번쯤 기억 속에 가 보았을 그곳

거짓말처럼 청명한 하늘이 어두워지고
주먹만 한 눈덩이들이 쏟아져 내리고
나는 울부짖으며 느티나무를 향해 달린다
조급한 마음과 상관없이 그 자리에 북박힌 다리
풀들이 살아나 꽁꽁 묶고
허우적거리는 몸부림에 점점 온몸이 묶여오고
어느 한순간 쩍 갈라진 땅속으로의 끝없는 추락
그리고 심장 쿵쾅이던 꿈에서 깨어나면
손가락 한 마디쯤 자란 듯한 키
성장기 우리들의 꿈

카인의 계절

꿈인지 생시인지 구분이 불분명한 몽환적 배경이
잘 그린 수채화처럼 펼쳐지고
언제부턴가 가슴을 옥죄어 오는 고통에
숨이 막힙니다

안개가 뿌옇게 배경으로 뿌려지고
아스라이 음험한 칸델라의 불빛 사이
왠지 불길한 강가가 보이고
조그만 조각배도 보입니다
저기를 건너면 왠지 다른 세상으로 갈 것 같은
압도적 분위기 속에서
시커먼 그림자들이 병풍처럼 둘러서고
비린내 나는 몰골에 섬뜩한 웃음이 동공을 파고드는
이곳은 카인의 계절

무주구천동

문득 밤하늘 가득
쏟아져 내리는 빛의 노래
그 날카로운 외로움을 들어본 적 있는가?
어느 계곡, 어느 정령들이 구천 떠돌며
속울음 토해내는 그리하여
번쩍번쩍 은빛 날개
물안개로 털어내며 승천하는 것을

아직 승천의 때가 오지 않았다
가라앉은 심연의 끝은 미완의 대기상태
옭아맨 상처와 미처 털어내지 못한
생의 미련으로부터

그대여, 산다는 것
살아간다는 것은
그저 개똥같은 생각일 뿐
쓰디쓴 소주 한 잔에 드리운
눈물의 짠맛일 뿐

오늘 무주구천동 깊은 계곡에는
내일의 승천 꿈꾸며 방황하며
빛나는 은빛 물안개 피워 올리는 사랑과
그보다 눈물 나게 서러운 그리움이 있다

꽃가루 알레르기

이놈은 참으로 기가 막힙니다
바쁘게 바쁘게 세상을 돌다 돌아 그 자리에 서면
어김없이 이맘 때 송곳처럼 튀어나오는 불청객
이십여 년을 한결같이
이맘때가 되면 찾아오는 친구

어느새 세상인심은 돈이 전부입니다
사랑과 우정, 믿음마저 그저 돈 앞에선
바람 앞에 등불입니다
병법에나 나올 듯한 말들이 일상 생활용어가 된 지금
그래도 변함없는 재채기와 눈물방울로 찾아오는 친구
이제 보름 동안 동거할 친구는
아침저녁으로 자신의 존재를 드러낼 것이고
그저 나는 숙주처럼 무기력하게 맡겨둡니다
병원에 간들 그때뿐이라 그저 같이 동행하기로 했습니다
그나마 거짓에 배신에 속앓이 하는 세상사보단 나으니까요
에취! 하루의 시작입니다

나팔꽃

피었다 금방 시들어 떨어질 거라면
차라리 피지나 말지

순결한 떡잎 활짝 열어
곱디고운 자태 쏟아내지 못할 거라면
차라리 피지나 말지

아침에 피었다 저녁에 지고 마는
그리하여 맨땅에, 파여진 아스팔트 위에
뒹굴다가 무심한 바람에 쓸려가진 않았을 것을

님이여, 햇빛 가득 방울방울
보랏빛 나팔꽃 꺾지 마세요
밤새 거친 비바람 견뎌 꽃망울 터트린
그리하여 하룻길 찰나의 시간 숨 쉬다 떠날지라도
피었다가 지는 그 모든 것을 사랑하도록
빛살처럼 반짝이는 보랏빛 나팔꽃
꺾지 마세요

가을날

참으로 깊다 9월 하늘
깊다 못해 눈 시린 가을 빛살
참으로 깊다 우리의 인연
깊다 못해 눈물겨운 그리움
굴렁쇠 굴리며 달려가던 그 시절에도
오늘과 같은 하늘빛이었을까

코스모스 흐드러지게 핀 신작로
그저 놀잇감과 어울릴 동무만으로도 행복했던 그때
세상이란 도화지에 하나씩 덧칠해진 지난날이
어느새 회색빛으로 가득하고
간혹 매달린 우울이 고드름처럼 커져갈 때
그립다, 청춘의 불바다여
돌아가고 싶다, 격의 없이 뛰놀던
그때 그 자리로

나이테

겨우내 인고의 세월을 거쳐
테두리 옷을 하나 입는다
그 세월의 춘하추동이 모여 둥치를 이루고
아름드리 세월을 품에 둔다.
오르막만 있다면 인생은 얼마나 무의미할까?
해가 뜨면 지고 달이 차면 기우는 게 이치라면
봄 여름 온갖 정성과 땀이 모여
수확의 계절 가을이 오고 드디어
겨울 칼바람 맞으며 살집을 키우는

첫눈

꽃송이구나
함박꽃처럼 커다란 송이들이
하늘 가득 날아 내리는구나
그것들이 덮는 세상은 모두 행복이구나
구린 것, 더럽혀질 것 없는
순백의 사랑이구나
사철 푸른 소나무도
탈색된 깃털 낙엽으로 털어내던 참나무도
하얗게 단장하고 마주섰구나
그리하여
탯줄 자르고 갓울음 목청껏 쏟아내던
아이의 순수로 다시 태어났구나

첫눈 내린 오늘만큼은 그저 행복하자
용의 비늘처럼 반짝이며 오늘을 즐기자
아픔과 절망 고통까지도 품에 안고
희망을 꿈꾸어 보자

톨게이트

매일 떠나는 자
매일 죽기 위해 떠나는 자
그들의 영혼을 받고 영수증을 주고
그러나
정작 본인들은
저승사자가 그렇듯
스스로를 가두고 갇혀 있는 자

고향 하늘이거나 어머니이나
사무실 월급쟁이거나 머슴이거나
연인이거나 어찌하거나 떠나는 문
자식 위해 돌아올 관문
뜨내기들의 문

요즘 인사법

요즘 어떻게 지내나요?
그저 그렇지요 뭐
그들의 측은한 눈빛 뒤통수에 꽂힌다

요즘 뭐하고 지내?
하던 걸 하면서 보내지 뭐
뭐 별게 있겠는가
냄새 나는 홀아비 바라보듯
그들의 냉소어린 입꼬리가 얄밉게 올라간다

요즘 살기는 어때?
그저 죽지 못해 살지 뭐
그저 숨만 쉬고 있어
그들은 가소롭게 쳐다보며 지나친다

요즘 사업은 어때 잘되지?
그럼 바지춤 내리고 고추 볼 짬도 없이 바빠
이러다간 곧 갑부소리 듣겠어
시기와 설마라는 불신의 눈초리가
하얗게 빛나는 칼이 되어 가슴에 박힌다

요즘은 뭐라 물어 와도
그리하여 뭐라 대답해도
뒤통수에 꽂히는 시선이거나
가슴에 박히는 칼날의 섬뜩함은 똑같다

유전무죄, 무전유죄

큰 도둑놈들이 텔레비전에 나왔습니다
번쩍이는 배지 달고 스님들이 탁발하듯
커다란 주머니를 보이며 웃고 있습니다

큰 도둑놈들이 텔레비전에 나왔습니다
수십만 직원들을 가족이라 부추기며
머슴처럼 짓밟는 총수님이 나와서
몇 푼 던져주며 보시하는 큰스님처럼
자애롭게 웃습니다

빵 훔치다 걸린 이웃집 청년이 끌려가고
배지들은 얼굴 가리며 의사당 속으로 숨어들고
총수님은 휠체어에 몸을 묻고 봉투를 묻고
커다란 밀실로 사라집니다

만년 실업자의 파리한 손목에
은색 수갑이 팔찌처럼 채워지고
폐지 모으던 노인네가 그 앞 막아서서

오열하고, 쓰러지고
구르다 처박힌 리어카에 쌓인 폐지들이
도로 가득 굴러다닙니다

이제 빵 때문에 별을 단
청년의 구직활동은 더욱 어려워지고
드러누운 노인네의 한숨은
더욱 깊어지겠지요
큰 도둑놈들은 이미 그물망 빠져나가 술잔 기울이고
사회에 기부한 것보다 더 많은 것을 얻기 위해
현란한 주점 불빛 아래에서 머리 맞대고 있습니다
청년은 창살에 갇혀 불효를 곱씹고 있는 시간
처연한 빛의 초승달이 창살 너머에서 굽어봅니다
유전무죄 무전유죄!

중년의 아침

신 새벽 어김없이 우유배달 고물트럭 시운전소리
몇 번이고 가래 끓는 숨소리 뱉어내다 멈춰서고
끝내 간밤 긴 세상 이야기
훌훌 털어내며 시커먼 매연 뱉어내면
뻘밭같이 가라앉던 중년의 아침이
지천으로 깔린다

집이랄 것도 없는 원룸 방바닥으로
서슬 퍼런 눈빛의 가로등불이 떨고
추락한 영혼이 밤새 뒤척이다
어둠 가르는 고물트럭 기침소리에 깨어
오십의 세월을 일으켜 세운다

어느새 세월은 입동을 지나 달려 나가고
마른기침 쿨럭이며 건조한 눈두덩 비비는 손끝에
호사스럽게 맞아주는 난 화분 한 개

누이야 사는 게 왜 이리 힘겨울까?
누이는 아는가? 철없던 유년시절

달려오다 불뚝 일어선 돌부리에 걸려 넘어진 나를 안아주던
누이의 막 솟아 오른 젖무덤에 얼굴 묻고
땟국 절은 눈물에 서럽게 비치던 낮달
누이의 눈썹 같던 초승달이 왜 그리 서럽던지

어느새 유년의 뜨락을 훌쩍 넘어
중년과 마주 선다
글쎄다 모든 게 글쎄다
산다는 것이 뭐 그리 중요할까?
씁쓸한 웃음이 버짐 선 입꼬리에 물리면
선문답 난해한 도해들이
골목 휘젓는 바람결에 뒹굴고

두두둑 뼈마디의 외침들을 뒤로 하고
중년의 하루가 시작된다
뼛속 깊이 파고드는 추위와 배고픔보다
절절한 외로움이 더욱 눈물겨운 이 계절에
멀리 모악산 험한 계곡 돌아 나온 진눈깨비가
하나 가득 몰려온다

지장보살

언제부터인지 알 수는 없다
그저 운전하다가 창에 부딪히는 하루살이부터
메뚜기, 심지어 딱정벌레에게조차
지장보살을 읊조리며 운전을 한다
윤회의 고리를 쥐고서
내생을 주관한다는 지장보살

알게 모르게 숱하게 죽어간 미물
나의 삶이 소중하듯
그들의 삶 또한 소중하지 않을까
그저 달리는 내 차에 부딪혔거나 내 발에 밟힌
그들의 짧은 삶을 위로해 주고 싶다

도로 위 동물의 사체를 볼 때마다

수십 번 되뇌인다 지장보살 지장보살

다음 생은 좀 더 나은 생명으로 태어나

오늘 당한 객사의 설움과 슬픔을 대신하길 기도하며

오늘도 수많은 지장보살의 보시를 기대하며

운전대를 잡는다

용산역

모두가 부산스럽게 떠났다
전국 방방곡곡 사연을 가득 싣고 떠난
용산역 대합실에
두고 간 시간과 한숨 그리고 욕망들이
펼쳐진 채로 굴러다닌다

이른 아침에 올라 왔을
부산 자갈치 아지메의 끝없는 넋두리와,
목포 갯바람 한소쿠리 가득 몰고 와서는
서울은 사람 살 데가 아니라면서
한바탕 구성진 욕지거리를 쏟아놓던
과부의 육두문자들이
새벽이슬처럼 톡톡 튀다가
스멀스멀 기어 온 어둠속에 녹아들 즈음
텅 빈 대합실 한켠
어깨 속으로 고개 쑤셔 박고서
한 손에 쥐어 진 소주병이 아슬아슬한
이방인의 코고는 소리가 쓸쓸하다

막차 놓친

아쉬움과 미련들이 모여 뱉어 놓은 함성인가

아니면, 끝내 목적지를 찾지 못했거나

찾아 갈 수 없는 추락한 영혼들의 울음소리인가

모두가 잠든 이 시간 용산역 대합실에선

오늘도 가스등 불빛 아래에서

갈 곳 잃고서 하얗게 떨고 있는

이방인이 있다

비수기

언제부턴가
만나는 사람마다 삶에 찌든 눈 그늘 만들고
처진 어깨 추스르지도 않은 채
땅 꺼지듯 한숨만 뱉어낸다

언제부턴가
하늘을 우러르기보다는
발끝에 채이는 돌부리만 노려보며
빨갛게 독 오른 동공만을 굴리고들 있다

길가의 풀 한 포기마저 생기 잃은 오후
길게 벗어놓은 뱀의 허물을 섬뜩하게 지켜보면서
터덕터덕 숨죽인 영혼들이 걸어간다

언제부턴가

신용불량이라는 간판을 목에 걸고

마치 지나온 삶이 모두 잘못된 것인 양

소중하게 지켜온 것들이 하나 둘 떠나가고

그걸 눈물로 보아야 하는 이 땅의 수많은 가장!

그들의 피눈물이 땅을 적시고 흐르고 흘러

하천을 이루고, 강을 이루고

방방곡곡 짜디 짠 한숨의 눈물들이 모이고 모여

바다를 이룬다

언제부터 그랬는지 알고 싶지도 않고

알려고도 하지 않는다

계속되는 비수기 세상에서는

난 화분

이 보잘 것 없는 화분
그저 한 촉 유일하게 남았네
그러나 내게 무엇보다 소중한 건
그간 16년을 다닌 직장으로부터 나와
몸에 맞지 않는 옷 걸친 모습처럼 어색한
여행사 직업을 갖고부터입니다
그때부터 12년을 한결같이
내 곁을 지켜준 유일한 것이기에
더욱 소중합니다
부적처럼 분신처럼 소중합니다

그동안

주변의 많았던 인연들이 낡고 소멸되었어도

진한 뚝배기 국물처럼 곁을 지킨 소중한 인연

영양제 한 번, 분갈이 한 번 못해줬지만

항상 그 모습으로 서서

곁을 지켜 준 또 다른 가족입니다

이 보잘 것 없는 화분이

이제 유일한 가족이 되어 나를 지켜줍니다

어느 날인가 꽃대 밀어 올려 피워진다면

향기 가득한 그 속에서 노래할게요

새 삶의 희망을 품어볼게요

산다는 것은

산다는 것은
쑤욱 자라나는 들쑥처럼 커가는 것
바람에 흔들리는 잡초
그 안에 수액처럼 흐르는 티끌의 존재

산다는 것은
티끌일망정 저 스스로
시간의 무게 견뎌내는 것

산다는 것은
저마다의 무게로 짓누르는 삶을
어깨에 짊어지고
시계 초침마냥 오르내리는
그리하여
시큼한 땀방울 흐르는 구릿빛 팔뚝
거미줄처럼 가득한 힘줄
그것이 나의 모습이다
내 진실된 오늘이다

제2장

당신을 사랑할 수 있다면

너에게 소원하는 것이 있다면

예쁘거나 우아한 자태가 아니다

머리에서 발끝까지 서로 사랑하는 것

한 곳을 똑같이 바라보는 것

참꽃처럼

너에게 소원하는 게 있다면
예쁘거나 우아한 자태가 아니다
너에게 간절히 소원하는 것은
남을 이기기 위해 피를 뿌리는 전사의 용맹함이나
승리의 뒤안길에 그림자로 찾아오는 고독이 아니다
너에게 진실로 소원하는 게 있다면
옆에서 그림자로 존재하다가 바람처럼 스러지는
나와 같은 너
내딛는 발걸음마다 둘의 무게로 나아가는 것
그리하여
머리에서 발끝까지 서로 사랑하는 것
한 곳을 똑같이 바라보는 것

한라산

산에 오른다
누구와 함께 오르는 것이 그리 중요할까?
그저 오를 수 있는 산이 있어 좋고
그것이 그저 제주사람처럼 오름이 있어 오를 뿐이라 해도
오늘은 기어이 산에 오른다
청명한 하늘은 아니지만 그런들 어떠랴
삶이 우울이고 그 자체가 잿빛인 것을

진눈깨비라도 한바탕 쏟아질 것 같은 오후
숨이 턱에 다다르고 고르지 못한 등산로엔
숨겨진 돌부리들이 벌떡벌떡 일어서서
비웃듯 비켜가라 한다
단군성조 이래 9천 년의 역사 속에서
밥 한 숟갈에 목을 매고 살아온 백의의 군상들이
일어서고 드러눕는 오늘
돌부리마저 돌아가라 하지만
오늘은 기어이 산에 오른다

분재

사람이 아닌 것이
사람처럼 서 있다
곧게 뻗은 두 팔
견고히 뿌리내린 튼실한 다리
삼각형 원뿔모양으로 서서
맘껏 자태를 뽐내는 너

놓인 수반 뒤로
소나기라도 한바탕 쏟아질듯
먹장구름이 덮여오고
채 피하지 못한
가을의 파란 하늘이 애처롭게
쓸려가고 있다
고고한 자태 위에 쏟아내던 빛줄기들을
안면몰수 장사치처럼
잔가지에 묻힌 그림자까지
흔들어 털어내고 있다

가장의 하루

하루가
서쪽하늘을 붉게 물들이는 노을 속으로 저물어갑니다
한나절 내내 쏟아놓은 한숨과 울분은 잊혀지고
도로 가득 메운 가장들이 둥지를 향해 출발했습니다

그까짓 상사의 삿대질과 욕지거리가 대수겠습니까?
늘 일어나는 삶의 터전이 전쟁터잖아요
한번 눈 딱 감고 참는 굴욕이 월급을 보장하고
가족의 울타리를 지키게 하는 방패가 되고
어쩌다 치밀어 오르는 분노에
팽팽히 멱살 틀어쥘 순간
비겁하게 떠오르는 얼굴 얼굴들
먹을 것 기다리는 병아리 같은 새끼들이 눈에 밟혀
힘줄 불거진 주먹을 가만히 풀고
내던져진 자존심을 꾸역꾸역 챙기고서 돌아섭니다

빌딩에 가려진 수많은 울분들이
도로 가득 채운 차량 불빛 속으로 숨고
거칠 것 없는 어둠들은 먹물처럼 도시에 흘러내립니다
정체된 도로에 갇힌 자존심들이 담배연기 속에서
도시하늘을 향해 날아가고
미처 챙기지 못한 웃음 한 줄기
반겨줄 새끼들을 위해 살짝 감춰둡니다
서프라이즈!
매일 매일의 귀가가 이벤트인 가장의 웃음
힘겨운 하루의 일상이
전쟁터를 건너 온 병사의 양복 속으로
슬며시 스며듭니다

자식의 자식

자식은 한때 희망이고 삶이었다
고물고물한 손아귀를 살며시 쥐고 있으면
세상이 모두 그 안에 있었다
매일 찾아오는 아침과 저녁이 축복이었던 그때
자식은 아비의 삶 자체이자 세상이었다

세월이 흘러 자식이 어느덧 학생이 되고
사춘기를 겪고 온갖 말썽 속에서 가슴앓이를 하지만
아비는 자식의 앞길을 밝히는
등대가 되길 소원하였다

이제 자식이 어른이 되어 결혼을 하고

자식이 또 다른 자식을 낳았을 때

자식에 대한 서운함은 자식의 자식으로 인해

눈 녹듯 사라지고

그 자식의 자식이 자꾸 눈에 밟혀 잠을 설친다

그러나

아직도 철이 없는 자식은

세상의 이치를 너무 모르고 철없는 자식이 키우는

자식의 자식이 안타까워 또 잠 설치는 아비

언제쯤 아비는 아비의 삶을 오롯이 살아낼까?

언제쯤 아비의 짐을 벗어낼까?

그리움

-하프타임 가족과 함께

헤어짐이 그리움이 될지 몰랐습니다
함께한 지난 삼십 년 긴 시간 속에서
가끔 떨어져 있음이 주는 자유를 갈구했었기에
소원처럼 이루어졌던 지난 시절이
처음엔 세상을 모두 얻은 듯 환희였으나
돌아갈 곳 없는 막연한 헤어짐이
이토록 그리움으로 남을 줄 몰랐습니다

잠깐이면 될 이별인 줄 알았습니다
잠깐이면 될 줄 알았던 이별이
점점 길어져 아쉬움이 되고 한숨이 되고
이제 정말 남이 되어 서러움만 남았습니다
부채처럼 따라 다니는 외로움이 되었고
눈물겹도록 진한 그리움만
세상 가득 남았습니다

혼자 들어오고 혼자 나서는
대문의 문지방이 왜 이리 높아 보이는지
이웃의 오지랖 떠는 따가운 눈총에
한껏 치켜떠지는 핏발 선 자존심
그 무기력한 자존심이 더욱 화가 나는 오늘
오늘은 그저 떠나보낸 그리움에 목이 타는
그저 그런 중년으로 남았습니다
희망 없는 홀아비로 남았습니다

기도

십자가 앞에 무릎 꿇어 바라봅니다
새벽의 싸늘한 기운이
길바닥 낙엽들을 쓸어내고 있을 즈음
잠들지 않은 영혼이 두꺼운 교회 문을 열고서
죄 지은 삶을 풀어 놓습니다
힘겨워 구부러진 등허리 더욱 낮추고
눈물로 참회의 기도를 올립니다

멀리 떠나가기에 앞서
안녕을 바라는 속된 마음 가라앉히고
죄 지은 지난 삶을 풀어 놓습니다
한때의 어깨춤이 허망하고
오늘의 이 참담하고 암울한 모든 기억들을
하나님 앞에 풀어 놓습니다

사랑하는 주님

항상 가슴속에 살아 숨쉬고

가여운 영혼 기꺼이 돌봐 주시는 주님

더 이상 갈 곳 없이 떠도는

그리하여 생의 밑바닥에 외롭게 서 있는

가여운 영혼을 돌봐주시고

다시 한 번 살아내기 위해

멀리 떠나는 저의 길을 인도하여 주소서

새 삶을 주님과 함께 할 수 있길

간절히 기도합니다

관계

알 수 없는 게 사람이다
가슴이 뜨거워야 할 수 있다는 봉사활동
나이 들면서 베풂의 사랑을 찾았다는 당신
천국을 여는 맘으로 지구촌 오지마을에서
신앙생활과 봉사를 한다던 당신
치열한 삶의 현장에서 유독 도드라져 보이던
당신이 부러웠습니다

아직도 삶의 굴레에서 허덕이면서
발버둥치는 내가 싫어지고
그저 열심히 살았으나 비전 없이 그날그날 살아 온
턱없이 못난 내가 미워지고
그러다가 뜬눈으로 하얗게 날을 밝히고
또 다른 하루가
피곤에 찌든 하루가 시작됩니다

먹고 사는 것보다 봉사가 보람된다던 당신
천둥번개 종말이라도 다가오듯 내려치던 어느 날
양의 탈을 쓴 늑대의 모습을 보았습니다

허영과 허울 속에 감춰진 시커먼 속마음
우연히 들여다보았습니다.
그저 멀리서 바라본 당신은 아름다웠으나
몇날 며칠을 같이 있어보니
그 속이 뻔히 들여다보였습니다
관계라는 수식어가 새롭게 정립되는 순간입니다
밤과 낮이 다른 당신
진정한 모습으로 오지를 찾아다니는 참사람들과
믿음으로 사랑하는 주변인들을 속여 온 당신
더는 혼돈의 세계로 끌어들이지 마세요
그저 당신은 당신의 세계에서 살아가고
마음이 가난한 사람들,
생채기 가득 보듬고 힘들게 하루해를 보내도
비교되지 않는 가난한 행복이라도 간직하도록
우리들의 울타리에서 나가주세요
교회를 팔고, 믿음을 팔고, 위선으로 무장한 당신
당신이나 잘하세요.

산다는 것

철없던 나이에 그녀를 만났습니다
문학이란 풀밭에 누워
오롯이 거만한 하늘을 머리에 이고
오직 세상이 나를 위해 돌아가는
그러니 나의 오만과 편견은 그저
한줄기 바람일 뿐
그 이상도 이하도 아니었던 그 시절에
작고 귀여운 그녀를 만났습니다
그냥 바라만 봐도 느껴지는
그리운 사랑을 하였습니다

이슬만 먹고 살 줄 알았던 내가
갑자기 가장이 되고 아빠가 되고
먹고 살기 위해
원하지 않았던 직장생활을 하면서
살아내기 위해 무작정 앞만 보고 뛰었습니다
남들도 나처럼 살아남기 위해
넘어지면 또 일어서는 오뚝이처럼
치열한 삶을 사는 줄 알았습니다

권태기 아닌 권태기가
서로에게 할퀴며 생채기를 내어도
아이가 아파 병원에 갈 때도
훨씬 이기적이었던 나는
출세를 위해 직장에 있었고
공명심이 가족 모두의 행복인 줄 알았고
그렇게 수십 년을 철없이 보냈고
그러다 새로운 일을 하게 되고 힘들어지게 되고
어느 날 눈 떠보니 혼자였습니다
모든 게 꿈인 듯 혼자였습니다.

한번쯤

한번쯤
유년의 뜨락에서 들려오는 소리
그 빛나는 소리를 들어야 한다

한번쯤
그리움 타오르는 갈망 속에서
슬며시 기웃거리는 너와 아프게 마주해야 한다

산다는 것
살아간다는 것은
그저 살아내는 지겨운 일상일지라도
피울음 토악질하는 떨리는 그리움을
눈물로 맞이할 줄 알아야 한다

그리하여 진실로 한번쯤
짓누르는 삶의 무게 잠시 내려두고
언젠가 만날 귀한 사람을 무작정 기다리는
인내와 당당히 마주서야 한다

사랑

아득하기만 한 어느 때
갈기 세우고 들녘 내달리는 정월 대보름
동구 밖 언덕배기에 긴 그림자 드리우고
먼 발치에서 행여 다칠세라 노심초사하는
자애스런 어머니

어머니의 눈빛 건너에는
솟구치는 불꽃 속에서 망우리 돌리는
아이들의 함성이 뚝뚝 떨어지고
머나 먼 타지에서 같은 하늘 이고 있을 아이의 안부에
옷고름 부여잡은 손끝이 떨려옵니다

불꽃들이 빙빙빙 원을 그리다 활짝 터져 오르면
그만큼의 그리움이 화다닥 피었다가 사라집니다
그리운 어머니 건강하세요
사랑합니다 어머니

성모상 앞에서

어느 날
회색여우 꼬리 감고 다가와
빗물처럼 스며들어
맘껏 흔들고 휘젓더니

어느 날
신 새벽 불투명하게 스며든 가수면 상태로
어둠 앞에 놓인 그림자처럼 그렇게
손아귀 사이사이 빠져 나가고

어느 날
천상 가까이에서
지나간 인연들을 회억하며
그 인연의 틈바구니에서
가녀린 심지, 그 짧아진 생의 마지막 불꽃을
너의 가슴에 묻혀 태우고 싶다
미련스런 눈물이 기름으로
가득 흘러 넘쳐

그리하여 어느 땐
긴 꼬리 불꽃처럼 활활 타 올라
너를 홀리고, 밤새도록 홀리고
어느 땐 폭포수처럼 흘러 넘쳐
지난 인연들을 가득 적셔 기억되어지길
불꽃이 되어 어느 날 갑자기 타올라 사라질지라도
너에게 기억되어지길, 꼭 기억되어지길

모습

길을 가다 문득 멈춰 섭니다
맹렬히 지내고 있던 청소년의 앳된 모습이
불꽃같은 열정 숨긴 채 긴장으로 벌벌 떨고 있네요
머릿속을 헤집고 다니는 당신의 모습이
점점 숨 가쁘게 심장을 압박하고
구석진 골목길 감전된 참새마냥 파르르 떨리는 마주잡은 손
운동화 앞코가 뭉개지도록 발길질이 빨라지면
흩뿌려지는 흙먼지가 자존심과 함께 바닥을 뒹굴고
그렇게 기다리던 모습이 추억 속에서 나와 바라봅니다

이유 없이 무작정 당신 향해 열려진 마음 빗장마저 없고
그저 지켜보는 것만으로 하루를 마감하는 순진한 영혼
가로등 한켠 정물처럼 놓여 있습니다
그저 한번만 눈이 마주쳐 웃어주길
그저 잘 지냈어, 라는 평범한 안부 물어주길
그저 같은 길을 함께 걸어 보길 소원하던 그 모습
미치도록 보고 싶던 첫사랑 그 모습
이젠 퇴색되어 버린 그때 그 모습

선셋 크루즈

붉게 타는 노을을 등에 지고
무동력 보트에 올라 남국의 바람과 마주선다
활처럼 휘어지는 삼각돛 아래 서서
바다를 불태우는 석양을 보노라면
그저 그 빛 속으로 들어가
바다가 되고 싶다

방카라고 하는 그네들의 배 위에서
마지막 불꽃을 태우는 태양의 그림자 뒤로
연기처럼 들어차는 어둠의 얼굴
바이킹처럼 휘어진 칼 옆에 차고
빛의 향연 속으로 뛰어들고 싶다

놓고 온 그리움과 사랑이 가득 고여 있음직한 바다
펄펄 끓는 태평양의 심장을 향해 나를 내던지면
드디어 나는 바다가 되고 바람이 되고
푸른 힘줄 펄떡거리는 대양의 고래가 된다

첫사랑

여드름투성이 떠꺼머리 학생의 두터운 교복
그 위에 떨어지는 초승달빛이
유난히 빛나 보이던 때였을 겁니다
설사 달빛마저 없는 암흑빛 하늘이었어도
어렴풋한 형체만으로도 당신을 알아보던 그때 그 시절

무리를 지어 까마득한 거리에서 학생들이 몰려 나와도
나는 당신을 금방 찾습니다
단정한 교복과 양 갈래 튼 머리 그리고
책가방을 습관처럼 엉덩이로 툭툭 치며 걸어오는 당신
점점 좁혀오는 거리와 반비례하여 심장은
마구마구 숨 막힐 듯 뛰고

사춘기 그 무모했던 시절에
가까이 다가설 수 없었던 당신
나는 그저 매번 스쳐 지날 때마다
무너지는 가슴을 쓸어 담곤 했습니다

매일 아침 오늘만은 꼭 말을 걸어보리라 다짐하고
하루가 어떻게 지났는지 건성이었고
드디어 멀리서 보이기 시작하는 당신
한 발 좁혀지는 거리만큼
한 발 멀어지는 자신감과
그 이상으로 가슴 후벼 파던 절망

그렇게 열병 앓듯 지나는 사춘기는 암울했으나
하루 종일 생각을 지배하던 당신은
이제 첫사랑이란 의미로 다가옵니다
한때의 객기이거나 풋내기 사랑으로 치부하며
사그라지는 노을처럼 그렇게 내 가슴 한켠
열꽃에 타들어가는 낙인으로 남아 있습니다

청춘

청춘은 먹어가는 세월의 나이가 아니라
커져가는 정신과 열정의 단어라고 누군가 말한다
불같이 타올랐던 사랑이 불꽃마저 사그라져
잿빛 우울과 그만큼의 후회 그리고
더 큰 그리움으로 남는 것도 결국
망설임보다 먼저 시작한 용기가 있었기에
맛보는 삶의 유예는 아니었을까

계절이 저 스스로 옮겨가는 것이 아니라
뒤에 오는 청춘에 밀려가는 것이듯
사랑도 그렇게 우리 몰래 어디론가
밀려가는 것은 아닐까
오르막이 있으면 내리막이 있고
매서운 겨울 북풍한설에도
꿋꿋이 씨앗 품어 밀려오는 봄을 맞이하듯
변하지 않는 청송처럼 우리의 삶도
밀려오고 밀려오는 계절 앞에서
영원한 청춘으로 살아지지는 않을까
그렇게 될 거라 믿으며 살아보면 어떨까

당신을 사랑할 수 있다면

당신을 사랑할 수 있다면
온전한 믿음을 간직하게 하소서

당신을 사랑할 수 있다면
미움도 온전히 내 것이 되게 하소서

만약 당신을 사랑할 수 있다면
질투에 눈 먼 악귀가 아니라
상처를 핥아 더 이상 아픔이 찾아오지 않는
무한한 희생을 보여 주소서

그래도 당신을 사랑해야 한다면
밝은 것 드러내고 어두운 것 감춰주는
재치와 헌신을 온전히 드러내게 하소서
정말 당신을 사랑할 수밖에 없다면

제3장

목마른 그리움으로

상상 속에서만 존재하는 그대

나는 그저 타는 목마름으로

그대 하늘만 바라볼 뿐

그리하여 그리움이 지나치면

낮달 1

매번 신 새벽 공기 가르며 올라서는
서울의 하늘은 낯설다
지금쯤 고향에선
장닭 홰치는 소리에 하루가 밝아 오겠지
왠지 음습한 빌딩군들 사이로 희뿌연 하늘
언제부터인지 태양은
구경꾼처럼 대기권 밖에 물러 서 있다

밤사이 쌓인 유흥과 숙취와
음모들이 수근거리며 몰려다니고
훈장처럼 주렁주렁 거대한 시멘트 몸뚱이들은
습관처럼 빗장을 열고 있다
하나 둘 나타난 형광색 조끼들이
밤사이 쌓인 우울을 헹구어 털고 있을 즈음
시간에 쫓기는 군상들이 떠밀려
빌딩의 그림자 속으로 스며들고
휴게소에서 게걸스럽게 구겨 넣은 면발들이
위장에 채 닿기도 전에 기도로 역류할 즈음
희미한 낮달이 회전문 손잡이에 가지런히 떠 있다

낮달 2

목마른 그리움으로
꿈에서나마 찾아드는 고향
내장 서래봉의 넓디넓은 품속에서
단꿈 꾸는 유년이여
정지문 흔들며 드나드는 동지섣달 삭풍 아랑곳없이
한 폭 정물로 놓여 군불 때시는 어머니
다박솔 화부엌 나무 타는 소리가 어제 일처럼 들려오고
아랫목엔 언제나 정한 밥 한 그릇
내 몫으로 놓여 있다

겨우내 건강한 수액 빨아올려
튼실한 꽃망울로 남은 오늘
마음이 가난한 유년의 뜨락에서
어느새 동지 대보름
빙판을 지치는 팽이가 되고
시뻘건 깡통불이 되어
서슬 퍼런 밤하늘 가득
회오리로 남는다

낮달 3

5월의 아침은 참으로 눈물겹다
5월의 아침은 참으로 가슴 먹먹하다
그리 길지도 않은 어둠을 뚫고 5월의 아침은
쪽빛 창문을 먼저 찾아오고
그날은
웬일인지 반달이 서쪽 산마루에 걸려 있는데
아버지는 늘 한결같은 모습으로
건강한 아침을 리어카에 가득 싣고
황금동 골목길을 나섰다

그날따라 무등산 여명이 유난히 핏빛으로 붉어졌는데
그리 멀지않은 25m 영점 사격장에선
연이어 연발의 총성이 계곡을 가득 울려 퍼졌다

새벽장에 가면
벌써부터 여수, 목포, 해남에서 올라 온 아낙네 보따리마다
동백꽃 빨간 꽃망울이 잔뜩 묻어 있더라던 아버지
아버지의 털털한 웃음이 있은 지 며칠 지나지도 않았다

더깨더깨 이은 황금동 처마 끝마다
먹빛 어둠이 두껍게 쌓이던 날
아버지는 구멍 난 주검으로 돌아왔다
5월의 어느 날
자욱한 안개 속에서 빛바랜 태양과
이미 빛이 사라진 낮달이 마주 서 있던 그날
반란의 계절 내내 무등산 등성이마다
계곡과 계곡 사이에서 참꽃이 피어났다
지천으로 참꽃이 흐드러지게 피었다

언제쯤이나 알게 될까?
아궁이속 방울, 솔방울들아
어느 땐 도청광장 내달리는 칼날이 되고 소총이 되고
어느 땐 한숨뿐인 부뚜막 불쏘시개로 남아
하늘가신 아버지 구멍 난 심장을 막아줄거나
채 피지 못한 수많은 꽃망울들을 활짝 피워 줄거나

개도 아리랑

그리운 사람들아 모여 가자
남도의 끝자락 바다를 향해
늘 푸른 대양을 마주 보고 서서
수억 년의 세월을 웅크리고 앉아
화려한 해무 감싸 안으며
기나긴 밤 기다림으로 지새울 너

지금쯤 짙은 어둠 썰물처럼 밀어내고
빛나는 아침 맞이할
정성스러운 몸단장 끝내고서
감동의 빛 타래 풀어내고 있을 너
해조음 묻어나는 어머니의 땅

그리운 사람들아 모여 가자
좌르르르, 좌르르르
몽돌의 외침에 새벽이 열리는 개도!
화려한 깃털 해풍에 펄럭이며
통통배 만선의 꿈 펄럭이며 달려가는
그리하여 겨우내 언살 녹이며 피어오른
동백이 꿈꾸는 그곳으로
가자 그리운 사람들아

백련사 가는 길

한 타래 빛이
천상으로부터 풀어져 내려오는
넉넉한 구천동 계곡

너의 한 조각 들어내어 귀 기울이면
태곳적부터 울려왔을 소리
정정한 너의 숨결소리

좁다란 계곡 길
두서없이 오르다 보면
쫓아오듯 그림자는 바짝 달라붙고
한설에도 얼지 않고 들리는 소리
계곡 가득 울리는 너의 숨결 소리

이 겨울 지난여름 내내 풀어놓았을
사연과 그리움들이 속삭이듯
조금씩 들려오고
계곡 누비던 삭풍이 숨죽인 사이사이로
조금씩 들려오고

가족이란 이름으로

가족이란 이름으로 함께 하고 싶다
평범하다면 누구나 가지고 있는 가족이란 구성원
그 울타리 속에서 서로 따스한 눈빛 주고받으며
힘든 일 궂은 일 위로받으며 그들과 함께
15평 작은 공간에서라도 편안한 잠 자고 싶다

겨울 벌판 같은 오늘의 삶이
서로 주고받는 눈빛만으로도 따뜻해지는
눈물겹도록 정겨운 풍경
어두운 골목길 두려운 맘으로 비틀거리다가도
대문 앞 서성거리며 늦은 귀가를 기다리던 그대
그 따스한 품속으로 숨어들고 싶다

찬바람만 서성이다
애꿎은 낙엽만 쓸어대는 오늘
그 어느 때보다 간절히 불러보고 싶다
가족이란 이름으로

사랑하는 하겸아

정월 대보름이 며칠 지났다
아직 이른 나이에
머리끝부터 발끝까지 아들과 닮은 손주를 보았다
어쩌면 이렇게 튼실하고 이쁠까
꿈엔들 보고 싶지 않겠는가

1989년 당당했던 젊은 시절이 내게로 다가온다
거칠 것 없이 자유롭고
모든 게 희망이고 행복이었던 그때
아들은 힘차게 세상 밖으로 나왔고
그대로 빛이 되었고
아비 삶의 전부가 되었다

어느덧 장년의 나이
돈이라는 무게에 눌려
가장의 직분을 상실한 그때부터
아비는 양지보단 음지에서 숨을 쉬었고
백년해로는 십 분 만에 무효가 되었다

그저 숨 쉬는 것이 서럽고 힘겹던 아비
단칸 방 낮은 천장에 점차 질식해갈 즈음
자식의 자식 하겸이가 태어났다
그저 안아 보는 것만으로도 지난 30년이
어제 일처럼 되돌아오는 손주 하겸이
고된 하루를 보낸 지금
눈물겹도록 그립고 보고 싶다

꿈꾸는 동백섬

파도가 거친 바람에 실려와 부딪히는
하얀 이빨 드러내며 할퀴듯 달려드는 남도의 끝
동백이 붉게 타오르는 섬
계곡마다 영험한 신 모셔놓고
혼령 불러 모으는 박수무당 장고소리
숨넘어갈 듯 자지러지게 들려오고
어느새 하늘엔 먹구름이
금방 장대비라도 한바탕 쏟아낼 것만 같다

길손을 부르는 술집 작부의 젓가락 장단처럼
선하품 토해내며 울리는 뱃고동이 정겨워 오는 하루
선착장엔 그리움만 가득 떨구어 놓고
여객선은 떠났다
놓고 간 그리움을 어찌 헹구며 살아가야 할지
속절없이 굵은 빗방울이 떨어져 내린다

첫눈 오는 날

첫눈 오는 날
서랍 깊숙이 추억이란 이름으로 간직한
사진첩을 꺼냅니다

정물처럼 다양한 포즈로
세월 앞에 당당히 서 있는
투박한 감자가 씨눈 틔우듯
솜사탕으로 솟아오르던 희망들이
박꽃처럼 주렁주렁 매달렸다가
약속이나 한 듯 쏟아져 내립니다

가라앉힌 우울만큼이나
지천으로 흩날리는 그리움
새로운 사람보다 오래오래 묵혀둔
소중한 인연들의 깊고 싸한 기다림
그 빛나는 목마름에 바라본 회색빛 하늘
하얗게 떨어지는 추억이란 이름으로
첫눈이 내립니다

시작과 끝 그리고

시작하지나 말걸
그저 그 자리에 북박혀 서서
그냥 돌돌 말고 웅크려 있을 걸
다른 이의 표상이다 자위하며
법 없이 살 세상 꿈꾸자 생각하지나 말걸
그래서 지그재그로 사선으로 엎어지고 뒤집어지고
꺾어져 흔들릴지라도 나만의 길 가볼걸
이도 저도 아니면 그 모습 그 생각으로
울고나 있을 걸

혼돈의 시절이다
눈 덮인 그 길에 선명히 찍힌 발자국
그냥 얼어 죽는다 해도
가만히 숨죽이고 서 있을 걸
찰나의 시간이어도 태초의 그때처럼
가만히 서서 지켜나 볼걸
고뇌의 늪 굳이 깊이가 중요할까?
흙으로 돌아가면 그만인데

시작하지 않았더라면 굳이
끝냄이 아쉽거나 서럽지 않을 텐데

덕유산

장엄한 등뼈 드러낸 등성이를 간다
어제까지 풍성한 치마폭
원색으로 펄럭이던 산자락들이
마치 솜털처럼 하얀 눈 드리운 채
우리를 기다린다

거친 바람 몰아치는 북풍한설
칼바람에 온몸 얼얼하지만
자꾸 가슴 한켠 불처럼 뜨거워지는 건
무슨 조화일까?

육십령 가파른 고갯길
그 너머 깊은 계곡
수억 년 세월 견뎌낸 이끼 긴 바위들이
빗방울로 떨어질 듯 하늘 높이 쌓여 있다
서로를 부여잡고 켜켜이 쌓여
산이 되었다

계성원

태조산 산자락에 버티고 선 계성원
계곡에서 몰려 온 산바람에 내몰려
빗줄기들이 깃발처럼 흩날린다
줏대 없이 성질만 부리는 바람 끝에서
몰려 왔다가 쓸려 나간다

수백 년 긴 세월을 앞에 세우고
두 팔 벌려 하늘을 얼싸안은 청송
그들만의 요란한 군무!
계성원 떠 있는 널따란 식당 테라스에는
새하얀 연수복에 청춘을 가두고
산 그림자 속에 정물로 놓여 있다
풍경에 묻혀 미완의 조각상으로 서 있다
그 시절에 우리들은

숲길

정신없이 헤매다 문득 바라다 본 하늘
지붕처럼 새 이파리 돋기 시작한 빽빽한 나뭇가지
여기는 어디인가
꿈속에서 한번쯤 걸어 보았을 조그만 오솔길
군데군데 이름 모를 야생화가 짙은 화장을 하고
계곡을 훑고 올라온 산바람이
송글송글 맺힌 땀을 식힌다

얼마 전까지만 해도 우우우 사납게 몰려다니던 바람들이
제법 산들산들 가벼워지고
무겁게 짓누르던 잿빛 하늘도 청명하다
복잡한 인연의 틈바구니에서 잠시 쉬어가도 좋을 숲길
그 정정한 공기에 온몸 기대어
한 뚝배기에 한 소절씩 그리움 털어내도 좋을 듯한
숲 속 오솔길

소나기

아직 꽃향기 지천에 날리는데
여름의 중심인 듯 폭염과 열대야 세상
한껏 부추긴 미세먼지 농도와 불경기 탓하며
기계처럼 하루를 시작하고 마감하는 우리
금방이라도 끓어 넘칠 것 같은 오월의 어느 날
마치 폭우처럼 세상을 씻어내는 소나기
안개처럼 뿌옇게 떠다니는 숱한 오염물질들을
빗질하듯 하수구로 한순간에 몰아넣는 소나기

사시사철이 분명했던 금수강산이
어느덧 아열대 기후로 슬금슬금 변해가고
기상대 측정치가 매일같이 신기록을 작성해갈 즈음
이 땅에도 예고 없이 쏟아지는 소나기
큰 도로와 골목길 가릴 것 없이
금방이라도 몰려와 모든 것을 때려 부술 듯
사납게 쏟아지는 소나기
한순간 거짓말처럼 몸을 감추고 햇빛을 밀어내는
마술 같은 오늘의 소나기

동양란

내 옆엔 항상
지난 12년의 새로운 삶을 자위해 온 난이 하나 있습니다
지난 6개월 동안 새순 돋아 멈춘 듯 애태우던 새싹이
이제 어엿하게 푸른 이파리 활짝 피웠습니다
그간 숱하게 새순 돋았다 스러지길 몇 번이던가요
피는 것이 있으면 지는 것도 있는 법
그것의 가르침이 내겐 반갑기만 합니다
어느 것 하나 이기적이지 않은 것이 없는
이 시대를 살아가는 나의 부적이기도 합니다
오늘 다시 한 번 왠지 희망이라는 낯섦이
내게 정겹게 다가서는 순간입니다.
그 푸르른 생명력에 놓아 줄 작정입니다
나의 새로운 도전과 희망과 함께

그리움이 지나치면

그리움이 지나치면 생각만으로도
온몸 불처럼 뜨겁게 떨려옵니다
그리움이 지나치면 생각만으로도
가슴깊이 폭풍이 일듯
눈물이 가슴을 때립니다

그대 아시나요?
이제 상상 속에서만 존재하는 그대
나는 그저 타는 목마름으로
그대 하늘만 바라볼 뿐
가끔 희미하게 떠오르는 추억이란 이름들이
하얗게 빛나는 칼이 되어 가슴에 박힙니다

그리하여 그리움이 지나치면
한 방울 수분까지 말라버린 미이라 되어
그 자리, 그대 빈자리를
그저 지켜 볼 뿐입니다.

제4장

인연, 그 소중함을 위하여

이 땅에 사람으로 태어나
어떻게 살아왔는가는 중요치 않다
앞으로 어떻게 살아갈 것인가가
더욱 의미 있는 오늘

겨울계곡

쌓인 눈은 더 이상 옷이 아닌가 봅니다
어제까지 쌓인 눈을 조금씩 녹여내는 계곡의 샘물이
두꺼운 얼음덩이를 밀어내고 시위하듯 흘러내립니다
막아 선 너럭바위 위에서도 밀어내는 시위는 계속되고
언제부턴가 조그만 폭포 이루어 흘러내립니다

아직 계절은 입춘도 되지 않은 암울한 빛깔
바라다 보이는 모든 것이 회색빛 우울을 매달고 있는데
구석진 곳에서부터 졸졸졸 냇물이 흐르고
얼어붙은 바위 사이 조금씩 녹아 흐르고
풀어놓은 근심 한 보따리 스며들듯 떠내려갑니다
겨울 계곡에는 다가올 봄이 미리 숨어 있다가
한 소절씩 토해 놓는 등산객의 시름들을 가득 품어
해동과 함께 떠내려 갈 것입니다
다가올 봄을 위해

인연 1

새벽공기 가르며 숨 가쁘게 달려왔다
띠구름, 뭉게구름, 발 아래 두고
대륙의 중심에 대한인으로 우뚝 섰다
새내기처럼 서먹하기도 하고 소원하기도 하지만
지금 이 순간, 혈육 같은 친구이거나 가족이기에
삼천갑자 인연의 끈 부여잡고
대륙의 자존심을 등정한다

만리장성!
숱한 사연들이 돌이끼로 남아 속삭이고
첩첩 산맥들이 건강한 힘줄로 꿈틀대는
중화의 대동맥, 오늘 거기 올라
내일의 꿈과 희망을 품어보라
지금 이 순간, 호형호재하며 술잔 부딪히는
즐거움 속에서도 느껴질 것이니
인연이라는 숭고한 소중함을

인연 2

이 땅에 사람으로 태어나
어떻게 살아 왔는가는 중요치 않다
앞으로 어떻게 살아갈 것인가가
더욱 의미 있는 오늘,
자금성 넓은 뜨락
비운의 어린 황제 회억하며
소중한 인연들과 아름답게 기억되고
함께 어울려 황혼의 언덕 넘어가는
그리하여 항상 그리운 사람
보고 싶은 사람으로 남아
추억의 탑 쌓아가자

새 하루의 시작

-교보 정읍지점 가족에 부쳐

새로운 하루가 열린다
아직 상하이 여명의 빛은 요원하다
그 어둠 저편 강한 빛 잉태한 듯
진한 안개 사이사이로 가로등 불빛 춤을 추고
기억될 모두의 밤들이 서서히 지워지고 있다

산다는 것은 무엇일까?
뜨락을 넘나들던 유년시절과
경쟁의 치열한 삶을 알아가던 학창시절
열정으로 신열 앓던 청춘기를 꿈결같이 보냈던
그 어느 것 하나
소중하고 아름답지 않은 것 있었던가

산다는 것은
흙탕길에 두 발 빠트려도 털고 걸어가는 용기
그래, 지금껏 곁을 지켜준 그대가 있었기에
웃으며 걸어왔다

이제 켜켜이 쌓여 있던 어둠
대지로 스며드는 새로운 하루의 시작
천만 번 넘어져도 우뚝 일어서는 오뚝이처럼
하루를 열자
거저와 비밀은 없다 라는
그대들 삶의 지침을 가슴에 새기고
웃으며, 힘차게 오늘을 열자.

각별한 인연들을 위하여
-정읍 샘골 친구들과 함께

여명의 시간
계절을 초월하는 꽃샘추위 기승 속에서
외롭게 걸린 반달 시샘하듯
한기 뿜어내는 오늘

비록
서로의 일이 다르고, 살아 온 삶의 잔상들이 다를지라도
친구로 만나 함께 한 삼개성상이 훌쩍 지난 세월 앞에서
어느새 우리는
유년시절 굴렁쇠 굴리던 정읍 천변가에서
구시장 누비던 골목 골목에서
기름집, 튀밥집, 포목점들과 함께
어느 이름 모를 집 뜨락에 핀 백목련이 그리운
중년과 마주 선다

이제 서로가 귀밑머리 희끗희끗 오십 줄이지만
여전히 친구로 각별한 인연 쌓아가는 오늘
낯선 타국 산하가 꿈만 같이 흘러가는구나

끝없이 펼쳐진 광대한 대륙을 보며
꿈은 꾸는 자의 것이듯 좀 더 큰 꿈 키우고
새로운 첫발을 딛자
희망과 서로의 안녕을 바라는 진정한 우정의 탑
높이 높이 쌓아올리자.

그대 왜 사는가?

-다사랑 가족에 부쳐

가족 구성원이라는 의미가 중요하지는 않습니다
그 안에서 어떤 역할을 했느냐가 중요하듯
사람이 산다는 것, 살아간다는 것은
그저 숨만 쉰다 하여 다 산사람은 아닙니다

먹고 사는 것이 뭐 그리 어렵겠습니까만
사람이 사람으로 살다가 한 생을 마감한다는 것은
매우 어렵고도 중요한 일입니다.

우리가 오늘
낯설고 물 설은 타국 하늘 아래에서
한 가족으로 어울린다는 것은
분명 질기고 질긴 인연이 있었기에 가능한 일
팍상한 폭포, 그 깊은 계곡 천길 폭포에서
태고의 신비 간직한 따가이따이 화산섬에서
그리고 믿음과 소망을 키웠던 여행일정 동안
내일의 희망 하나를 가슴에 키워봅니다

열대림 물씬 이국정취 묻어나는 이곳 필리핀에서
삶의 무게에 눌려 침잠한 열정
맘껏 피워 올립니다

다른 이의 행복과 불행을
라이프설계사로서 같이 하며
웃음과 슬픔 같이하는 그대들이여,
용감해져라 그리하여 다시 새 삶의 원동력으로
세상을 향해 꽃을 피워라 화려한 춤사위로
온몸 불태우는 불꽃이 되어라

파사바 계곡

- KGA익산지사 가족과 함께

태초에 하늘에서 빛이 내려 와
송편 빚어 놓은 듯 가득 담겨진 돌기둥을
신들의 땅에 만들어 놓았다
수만의 서로 다른 돌기둥을
산처럼 쌓아놓았다

여명의 시간
눈 부비며 일어나
아직 깨지 않은 도시의 잔상을 뒤로 하고
기대와 흥분 속을 달려간다
쉬이익, 쉬이익
솟구치는 벌건 불꽃이
거대한 공기주머니를 일으켜 세우면
불사조라도 된 듯 하늘로 오르고
높이높이 솟아오르고

태초에 하늘에서 빛이 가득 내려 와
빛나는 칼날처럼 내려 와 수만의 돌기둥들이
저마다 다른 모습으로 만들어지고
마치 송편 빚어 놓은 듯 넓디넓은 대지에
빼곡히 만들어 지고
파사바 계곡!
빛이 조금씩 새어들 즈음
아, 수천의 비행선들이 무지개 빛깔로 떠서
폭죽처럼 하늘 가득 메우고 있구나
폭죽처럼 하늘 끝을 향해
불덩이를 쏘아대고 있구나

생각하는 사람

-하프타임가족과 함께

오랜 세월
인간이기에 사유할 수 있고
인간이기에 비판과 질서를 유지할 수 있다는
로마시대 철학자의 깊은 성찰이
박물관 붉은 댓돌 위에 놓인 채
말을 걸어온다

서양과 동양의 문화가 달랐던 시대
한 대륙을 호령하던 그들의 자만이
하얀빛 대리석에 촘촘히 박혀
마치 처음부터 없었던 것처럼 잘려진 두 팔
더욱 신비스런 자태로 서서
동양에서 온 우리를 내려다본다

기나긴 여정의 한때
화려했을 그들만의 문화를 바라보면서
우리는 그저 관광객일 뿐
더 이상의 깊이와 이유는 생각지 말자

우리가 같은 공간에서 숨 쉬면서
생명의 존귀함을 누구보다 생각하는 지금
하프타임 가족이란 공감대 속에서
오늘보다는 내일을, 내일보다는 모레를 생각하는
그런 삶을 살아내자
이천 년 전 유물을 바라보면서
생동하는 지금의 삶을 즐기자

눈물의 앙코르와트

-하프타임 가족과 함께

한때 그들에게 희망이었던 너

어머니를 향한 사랑에

거대한 사원들이

진실된 기원을 담아 하나 둘 건립될 때

너는 그들에게 숭배의 대상이고 신이었다

그러나

영욕의 세월을 지나

숱한 삶의 질곡 속에서

깊이를 알 수 없는 정글 속 전설로 스러지고

1000년의 화려한 문명이 정글에 묻힌

신비로운 그대, 전사들의 땅

이제

맨발바닥으로 흙먼지 일으키며

웃통 벗어 재끼고 끝까지 달려온다

전사의 자손들이 1달러를 외치며

메마른 황토길 달려온다

동기라는 이름으로 1

여명의 시간
사회라는 테두리 속으로 채 여물지 않은
초년생들이 모여듭니다
태조산, 이름만큼이나 신성한 산자락에서
신입사원 아침 구보가 우렁차고
방짜 놋그릇에 담긴 정갈한 산 공기가
공칭이며 월납이며 환산성적에 대한
두려움을 막연히 씻어냅니다

정말 때 묻지 않은 순수로 모인 우리가
치열한 생명보험 시장에 알몸으로 서서
맨땅에 씨앗으로 뿌려진 채
싹을 틔우고 자라
건강한 나무로 튼실한 뿌리 내려
살아남을 수 있을까?
밤마다 낭떠러지로 한없이 떨어지는
악몽을 지워낼 수 있을까?

참으로 두렵고
식은땀 솟는 하루하루의 연속이지만
동기라는 이름으로 참아냅니다
동기라는 이름으로 어깨동무하며
숨이 턱까지 차오르는 연수원 산길을
달려갑니다.

동기라는 이름으로 2

태어나 처음으로 고향을 떠나
서울 하늘을 이고 잠이 듭니다
봉천동 산동네에 낮달이 뜨고
낯선 서울은 그렇게 나를 품어줍니다

입사 1년도 안된 신입사원이,
다른 회사 친구들은
복사나 커피 심부름이나 하던 그 시절에
지부장이라는 회전의자에 앉았으나
주판 한 번 튕겨보지 못한 우리는 생짜 사회 초년생
노트에 적어 내려가는 곱하기가 지면을 가득 채우고
조회대 앞에 마주선 직원이래야 고작 한 명,
그나마 전철에 짐짝처럼 실려와
피곤한 눈빛입니다

대학 졸업하고 선택한 직장이 왜 이리 가혹할까?
20억 공칭은 한 명이 감당하기엔 너무나 무겁고
채권자처럼 어김없이 다가오는 마감시간
사회라는 게 다 이런 것일까에 대한 끝없는 물음에

오후 네 시면 어김없이 찾아가는 한강철교
쓰디 쓴 캡틴큐 한 병이 안주 없이 사라지고
한강에 드리워진 노을만큼이나 벌건 얼굴로
한 명이 맞아주는 사무실로 걸어갑니다
그림자 길게 늘어뜨리고 걸어갑니다

동기라는 이름으로 3

어느덧 공칭과 월p라는 용어가 친숙해지고

월급쟁이가 아닌 사업가처럼

책상 위에서 숫자들이 뛰어놀고

회전의자의 무게가 숱한 가상의 계약자와

가망고객의 숫자에 눌려 무거워지고

그나마 얇은 지갑이 텅 비워지지만

술 한 잔에 웃음과 한 소절 노랫가락에

한숨을 토해냈습니다

직장인들이 다 그런 줄 알았습니다

요즘은 갑과 을이라고도 한다지만

어떤 상갑의 사람들은

주인과 머슴의 관계라 스스로

비하하기도 합니다

그러나 동기라는 이름으로

어깨 두르고 용산역 광장을 건너갑니다

인천 출발 마지막 전철을 타기 위해

서로를 의지하며 건너갑니다

눈발 가득한 12월의 마지막 밤

동기라는 이름으로 우린

백의의 천사
-전주병원 가족과 함께

첫눈 내리던 날
소담스러운 모습으로 꽃잎처럼 펄럭이며
밤새 눈송이 날리던 날
하늘을 가르고 구름바다 건너
맞이한 비취빛 환상의 바다

보도블록 위
서로를 부둥켜안으며 밀어내며
파도치듯 몰려다니는 노란 은행잎들이
하얀 옷 갈아입던 날
이곳 태국 파타야의 밤은
무지갯빛 영롱한 별천지

계절을 뛰어 넘어 낯선 곳 향해 떠난 그대
삶의 고단한 질곡 수없이 넘었을 그대
자신보다 타인을 먼저 생각하고 어루만지는 그대는
백의의 천사!

가식적인 친절보다 마음으로,
펄펄 끓어오르는 뜨거운 가슴으로
진정으로 아름다운 미소가 더욱 빛나는 백의의 천사
스산한 겨울하늘을 지나 동남아의 뜨거운 태양 아래
잠시 쉬어 가는 그대들은
진정한 백의의 천사

하롱베이

하롱베이 천상의 섬
그 넉넉한 어머니의 바다는
서서히 기지개를 켜고 있다
수평선 너머
가로등이 하나 둘 꺼져가는
고요의 바다

먹물처럼 깊었던 어둠은 대지로 스며들고
그 만큼의 양으로 빛들은 쏟아져 내릴 것이다
한 잔의 커피와 한 개비 담배가 그리운 지금
마치 혼령처럼 떠오르는 빛의 잔상들이
천상의 아침을 맞이하고 있다
수천의 섬들이 모여 기대었다가
서서히 어깨 풀고 엷어지는 섬 그늘 사이로
머리를 풀어 헹궈내고 있다

빛의 섬 하롱베이

한 줄기 빛이 내려와 하늘 열리면
화답하듯 바위섬들이 하나 둘 자궁을 열고
그 사이사이로 아기 섬들이 고갤 내민다

가끔 만 가지 모습이 솟아오르듯 반기고
수줍게 벌려 선 섬의 가랑이에선
잉태한 아기 섬들을 수없이 토해내고
부유하듯 떠 있는 섬의 군락!
그들의 화려한 군무가 하늘과 바다에 비쳐
신비로운 하롱베이

목선 가득 울리는 유행가 가락이
어느새 굿거리장단 되어 자진모리로 넘어가고
숱한 삶의 질곡 넘어왔을 그대여
이곳에서 내일을 향한 부푼 꿈 품어본다
그것들이 하나하나 섬이 되고 빛이 되어
그대들 가슴에 비수처럼 박힌다

지하도시

이천 년의 장구한 세월 숨 죽여 살아왔다
하얗게 빛나는 창칼을 피해
난장이들의 터전과 함께한 탄압의 세월
지하 수십 킬로미터의 미로는
가족과 신앙인 모두의 생명줄이었고
수천의 섬뜩한 군인들의 행진과 나팔소리에
지하 수십 미터 조그만 방 구유 속에는
갓 태어난 아이가 살고자 숨소리조차 멈추고
하얗게 쏟아지는 흙먼지 속에서
흙기둥에 새긴 십자가 앞에 모여 기도를 한다

데린구유!
기독교 박해를 피해 숨어든 영혼들이
지하의 칙칙한 공기를 타고
예수님의 기적을 갈구하며 떠돌고 있다
21세기를 살아가는 우리들에게
신앙심이 무언가를 보여주고 있다

터미널에서

남쪽에서 묻어온 꽃바람, 갯내음이
난장처럼 어지럽게 몰려다닙니다
이 밤 모두 목적지를 향해 떠났습니다
도시에서 내려 온 분향과 사치들도
한 소쿠리 가득 오물만 남겨놓고 떠났습니다

하루 종일 정해진 노선에서
흙먼지 가득 먹고 달렸을 시외버스
그 치열한 질주 끝에 달궈진 엔진들은
심호흡 속 하나 둘 잠자리에 듭니다
대합실엔 누군가 보았을 신문들이 굴러다니고
열어젖힌 창문 틈으로
변산반도 짠내가 가득 내려와 쌓였습니다
달빛마저 소금에 절어 무겁게 떠 있습니다

사는 동안에

사는 동안에 항상 그것이 문제입니다
9천 년 역사를 뒤돌아 봐도
어느 한 시대인들 그것에 휘둘려
살지 않은 날 있었을까요

모두가 버리고 살라 합니다
지나 온 추억도 버리고 인연도 버리고
맺어질 인연마저 버리라 하고
부모 형제 친구 모두 버리고
오직 그것을 위해 살라 합니다
앞으로는 옆이나 뒤 바라보지도 말고
그저 그것만 생각하며 살라 합니다

군중 속 고독이란 말은
사전에나 있는 줄 알았습니다
인간관계가 모두 그것과 연결되어
주인과 노예로 구분되어지는 그것

어제의 친구가 오늘은 적이 되고
오늘의 적이 내일의 친구가 되는
요지경 세상

언제부터인지 그것이 추억을 대신하고
인연이거나 사랑마저 변질시키는
오늘을 사는 우리는 그것의 손아귀 속에서
영혼마저 저당 잡힌 채 살아가고
그것으로부터 벗어나려 애써본들
이 사회는 혼자 사는 울타리가 아니기에
비웃음과 손가락질 속에서 더욱
깊은 늪 속으로 빠져들고
모든 걸 버리고 그것만을 쫓으라는 사람들이
웃고 사는 세상, 오늘 우리가 사는 세상

박병래 시집
인연, 그 소중함에 대하여

초 판 1쇄 발행 2016년 7월 20일

펴낸곳 상상더하기
펴낸이 노은희
지은이 박병래
등록 2004년 12월 16일 제2004-000288호
주소 경기도 파주시 문발로 115, 107호
전화 02. 334. 7048
팩스 02. 334. 7049
전자우편 yscneh@hanmail.net
값 10,000원

ISBN 979-11-85462-33-2 03810